W. Peters

Über eine neue Schildkrötenart, Cinosternon effeldtii und einige andere neue oder weniger bekannte Amphibien

Antigonos

W. Peters

Über eine neue Schildkrötenart, Cinosternon effeldtii und einige andere neue oder weniger bekannte Amphibien

Unveränderter Nachdruck der Originalausgabe von 1873.

1. Auflage 2024 | ISBN: 978-3-38635-056-3

Antigonos Verlag ist ein Imprint der Outlook Verlagsgesellschaft mbH.

Verlag: Outlook Verlag GmbH, Zeilweg 44, 60439 Frankfurt, Deutschland, info@outlook-verlag.de
Vertretungsberechtigt: E. Roepke, Zeilweg 44, 60439 Frankfurt, Deutschland
Druck: Libri Plureos GmbH, Friedensallee 273, 22763 Hamburg, Deutschland

MONATSBERICHT

DER

KÖNIGLICH PREUSSISCHEN

AKADEMIE DER WISSENSCHAFTEN

ZU BERLIN.

September & October 1873.

Vorsitzender Sekretar: Herr Kummer.

Sommerferien.

---

16. October. Gesammtsitzung der Akademie.

Hr. W. Peters las über eine neue Schildkrötenart, *Cinosternon Effeldtii* und einige andere neue oder weniger bekannte Amphibien.

Cinosternon Effeldtii n. sp. (Taf. Fig. 1—3.)

Schale mässig convex, oval verlängert, am Rücken deutlich einkielig, am Rande abgerundet ohne zahnartige Vorsprünge und an den Seiten mit einer oberen Furche. Sternum hinten ohne Ausschnitt, die Schale vollständig schliessend; die Abdominalia sind so lang (Mas) oder merklich länger (Fem.), als die vordere, aber ein wenig kürzer als die hintere Sternalklappe; die Femoralschilder sind vorn merklich schmäler als in der Mitte und die Axillaria stehen meist durch einen sehr dünnen Fortsatz mit den Inguinalia in Verbindung. Bei dem Männchen ist die Schale verhältnissmässig höher, der Seitenrand senkrechter, die Seitenfurche tiefer als bei dem Weibchen. Auch sind die Analplatten bei dem Männchen etwas vertieft. Der Schwanz ist bei beiden Geschlechtern mit einem gekrümmten spitzen Nagel versehen, bei dem Männchen aber merklich länger als bei dem Weibchen. Ein schmales Nuchale. Vier Bartfäden.

Die Färbung ist ganz ähnlich, wie bei *C. cruentatum*, nur ist zu bemerken, dass die Oberschale bei dem Männchen merklich heller ist als bei den Weibchen.

Länge der Schale . . . . . Männchen 0,086, Weibchen 0,097

Grösste Breite derselben . . „ 0,055, „ 0,068

Höhe derselben . . . . . „ 0,030, „ 0,037

Schwanzlänge . . . . . . „ 0,030, „ 0,015

Hr. Rudolf Effeldt, der sich seit vielen Jahren mit dem Studium der Amphibien beschäftigt und die Lebensweise derselben in seinem höchst interessanten Vivarium studirt hat, ist seit dem Jahre 1867 im Besitz eines Männchens und seit einem Jahre von zwei Weibchen dieser Art, welche angeblich aus Mexico (Veracruz) stammen sollen und welche vortrefflich gedeihen. Er hat mich zuerst auf diese Art aufmerksam gemacht und freut es mich, ihm bei dieser Gelegenheit ein öffentliches Zeichen meiner aufrichtigen Anerkennung seiner Verdienste um die Amphibienkunde zu geben.

Diese merkwürdige Art steht zwischen *C. leucostomum* und *cruentatum*, mit ersterem durch die Form der Oberschale, mit letzterem durch die Bildung des Sternums und die Färbung mehr übereinstimmend.

Saurii.

Euprepes (Mabuia) breviceps n. sp.

Kopf und Schnauze kurz. Rostrale entwickelt, oben nicht ganz so lang wie das Internasale, mit dem es breit zusammenstösst. Nasloch ganz seitlich, nahe dem obern Rande und in der Mitte des Nasale gelegen. Supranasalia klein, dreieckig, hinten zugespitzt. Das nach hinten lang zugespitzte Frontale stösst entweder an das Internasale oder ist durch die mit ihren inneren Winkeln sich berührenden Präfrontalia von demselben getrennt. Die Frontoparietalia sind nicht mit einander verwachsen und das kleine rhomboidale Interparietale ist durch einen weissen Punkt ausgezeichnet. Zwei Frenalia, von denen das hintere das grössere, beide vorn concav und hinten convex. Acht Supraciliaria und fünf Supraorbitalia. Sieben Supralabialia, von denen das sehr lange fünfte unter dem Auge liegt. Ohröffnung mässig, von oben nach unten länglich, am vorderen Rande frei oder von zwei kleinen vorspringenden Schuppen überragt.

Körperschuppen klein, in 56 bis 57 Längsreihen, am Bauch merklich grösser als am Rücken.

Die vorderen Extremitäten reichen bis zur Mitte des Auges, die hinteren nicht bis zur Achselgrube. Schwanz reproducirt, daher ist die natürliche Länge nicht anzugeben.

Oben olivenfarbig mit zwei durch zwei Schuppenreihen getrennten Längsreihen kleiner schwarzer Ocellarflecken mit hinterer weisser Pupille, welche durch drei bis vier Schuppen von einander getrennt sind. Am Seitenrande des Rückens eine Reihe weniger deutlicher ähnlicher Flecke. Die obere Hälfte der Seiten dunkler, die untere heller, unregelmässig gefleckt oder mit einer von dem Auge durch das Ohr gehenden unregelmässigen wellenförmigen Binde. Die untere Seite gelblich oder grünlich mit, namentlich am Kopf deutlicher dunkler Längsstreifung zwischen den Schuppenreihen.

Länge von der Schnauzenspitze bis zur Analöffnung $0^{m}057$; bis zur Ohröffnung $0^{m}013$; Vord. Extr. $0^{m}015$; Hand mit 4. Finger $0^{m}005$; hint. Extr. $0^{m}021$; Fuss mit 4. Zehe $0^{m}009$.

Ein Exemplar vom Gabon (No. 6303 M. B.). Hr. Dr. Reichenow hat neuerdings dieselbe Art in Cameruns gefunden.

Lialis leptorhyncha n. sp.

Schnauze sehr dünn und fast doppelt so lang wie breit. Frenalschuppen vor dem Auge in 8 bis 9 Längsreihen und bis zum Nasale in 16 bis 20 Querreihen. Körperschuppen, die beiden breiten Bauchschuppenreihen nicht mitgerechnet, in neunzehn Längsreihen.

In der Färbung dem *L. Burtoni* Gray sehr ähnlich, nur ist die weisse an dem Rostrale beginnende Binde breiter und schärfer begrenzt. Bei einem Exemplar aus Port Mackay (No. 5947) sind die Rückenbinden ganz ähnlich, wie bei *L. Burtoni*, bei einem zweiten fehlen die Rückenbinden und bei einem dritten ist auch die weisse Seitenbinde nicht deutlich entwickelt. Auch in der Form der oberen Schnauzenschuppen stimmt diese Art mehr mit *L. Burtoni* überein.

Das Berliner Museum besitzt ausserdem noch folgende hieher gehörige Arten und Varietäten:

    1. *L. Burtoni* Gray, *G. Grey Journ. of two exped. in North-West and Western Australia*, Lond. 1841. II. p. 437. Taf. 3. Fig. 1. Taf. 5. Fig. 4.

2. *L. bicatenata* **Gray**, *Zool. Erebus & Terror, Reptiles.* p. 5. Taf. 8. Fig. 2.

Von **Gray** später als Varietät zu *L. Burtoni*, von **Günther** als solche zu *L. punctulata* gestellt. Mit letzterer ist sie offenbar in den meisten Punkten, namentlich auch durch die azhlreicheren Schuppen der Zügelgegend am nächsten verwandt, aber hinsichtlich der Form und meist gekielten Beschaffenheit der oberen Schnauzenschuppen stimmt sie mehr mit *L. Burtoni* überein.

3. *L. punctulata* **Gray**, *Zool. Erebus & Terror, Reptiles.* p. 5. Taf. 8. Fig. 1.

4. *L. punctulata* var. *concolor.*

Lialis Burtoni Var. 2. **Duméril**, *Cat. méth. Rept.* **Paris.** 1851. p. 195.

Lialis punctulata Var. **Günther**, *Ann. Mag. Nat. hist.* 1867. **XX.** p. 46.

Ohne Binden, die Bauchseite heller und mit kleinen schwarzen Punkten geziert.

Das Berliner Museum hat aus Sydney zwei Exemplare mit 19 Längsreihen der Schuppen, während **zwei** andere, angeblich vom Swan River, nur **achtzehn** (ohne die zwei breiten Bauchschuppen) Reihen haben.

Serpentes.

Ahaetulla urosticta n. sp.

Kein Frenale. Neun Supralabialia. Parietalia sehr breit und kürzer als die Supraorbitalia. Anteorbitale nicht **an das Frontale** reichend. **Augen sehr gross.** Die hintersten langen Supramaxillarzähne durch einen Zwischenraum von den **kurzen vorderen** Zähnen getrennt. Körperschuppen in **dreizehn** Längsreihen, mit Ausnahme von denen der untersten Reihe gekielt und mit einem Endgrübchen versehen; die des Schwanzes glatt. Ein getheiltes Anale und 163 Ventralschilder.

Kopf oben olivenfarbig, Rücken olivengrün, an den schuppenlosen Stellen glänzend grün, die einzelnen Schuppen mit einem mittleren schwarzen Längsstrich und die der mittleren Reihe **an** den Seiten schwarz punctirt. Die ganze Unterseite blassgrün. Ein schwarzer Längsstreif von dem Auge durch die Schläfengegend.

Ein Exemplar (No. 7786), aus **Bogotá.**

Der ganze Habitus dieser Art ist viel robuster als der von *A. ahaetulla* L. und die Schuppen sind breiter.

Es sind in letzter Zeit mehrere Arten dieser Gattung aufgestellt worden, z. Th. nach Merkmalen, die nur individuell zu sein scheinen. So hat z. B. von zwei Exemplaren der *A. ahaetulla* L. aus Rio Chico (No 1909) das eine, wie gewöhnlich 9, das andere 8 Supralabialia jederseits und ein anderes Exemplar, aus Chiriqui, welches durch die Schuppenform und die Färbung ganz mit *A. occidentalis* Gthr. übereinstimmt, hat 9 anstatt 8 Supralabialia. Auch hat ein Exemplar der *A. occidentalis* aus Guayaquil (No. 4505) links 3, anstatt 2 Postorbitalia.

Oxyrhopus cloelia Daudin.

Frische Exemplare aus Chiriqui, bei denen die schwarze Färbung des Kopfes sich bis an das hintere Ende der Parietalia ausdehnt, haben die Grundfarbe des Rückens, mit Ausnahme der schwarzen Schuppenenden, glänzend roth.

Bemerkenswerth ist ferner, dass an zwei Exemplaren aus Brasilien (No. 2536 und 2538 M. B.) jederseits das Anteorbitale mit dem Präfrontale verschmolzen ist, da auf geringere offenbar individuelle Verwachsungen dieser Art „Gattungen" begründet sind.

Xenodon angustirostris Ptrs., *Monatsb.* 1864. p. 390.

Von drei Exemplaren aus Camaron in der Provinz Chiriqui (Central-America) stimmt ein Exemplar in der Pholidosis ganz mit dem Originalexemplar überein, das zweite hat das Anteorbitale und das untere Postorbitale getheilt, also zwei Anteorbitalia und drei Postorbitalia, und das dritte hat auf beiden Seiten das vierte und fünfte Supralabiale zu einem einzigen unter dem Auge liegenden Schilde verwachsen, wobei die Grenze nur oben und unten durch einen kleinen schwarzen Strich bezeichnet ist.

Liasis fuscus n. sp.

Ein Frenale, ein Anteorbitale, zwei Postorbitalia. Rostrale ohne Gruben. Erstes Supralabiale oben mit einer flachen Grube, von den Infralabialia das 9., 10. und 11., oder das 10., 11. und 12. mit einer tiefen Grube. Nasale am hintern Rande mit einem vorspringenden Winkel zur Aufnahme des Frenale. Nasenfurche grade nach hinten gerichtet. 11 Supralabialia, 16 Infralabialia.

Körperschuppen glänzend glatt in 49 (neun und vierzig) Längs-reihen, Ventralia 283, Subcaudalia 75, von denen bei dem vor-liegenden Exemplar das 2., 3., 4., 6., 8. und 9. einfach sind.

Oben dunkel olivenbraun, unten mit Einschluss der Oberlippe schmutzig gelb; Schwanz ganz dunkelbraun und nach Verlust der Schuppen blauschwarz.

Totallänge 0^{m}955; Kopf 0^{m}037; Schwanz 0^{m}140.

Port Bowen; gesammelt von Frau A. Dietrich, aus dem Museum Godeffroy.

Am nächsten verwandt mit *Liasis olivaceus* Gray, der aber nach der Beschreibung viel kleinere Schuppen, in 69 bis 71 Längs-reihen hat.

Liasis maculosus n. sp.

Fünf bis sieben Frenalia in zwei Reihen; zwei Anteorbitalia und vier Postorbitalia. Rostrale ohne Gruben; neun bis zehn Su-pralabialia, von denen nur das erste eine Grube zeigt. Dreizehn Infralabialia, von denen das 7. bis 11. eine Grube haben. Inter-nasalia länglich viereckig, aussen länger als innen; Frontonasalia hinten zugespitzt, aussen convex. Die Frontalia anteriora sind nicht grösser als die Frontonasalia und stossen entweder aneinan-der oder sind durch eine kleine Schuppe von einander getrennt. Das Frontale ist etwas länger als breit, hinten zugespitzt und hier von zwei Parietalia begrenzt, von denen jedes kaum grösser ist, als das Supraorbitale. Zuweilen sind die Parietalia durch eine kleine Schuppe getrennt. Körperschuppen in 35 bis 41 Längs-reihen.

Oben hellbraun oder gelblichbraun mit fünf unregelmässigen Reihen dunkler Flecke, von denen die der mittleren Reihe die gröss-ten sind; sie sind oft sehr unregelmässig und fliessen zu unregel-mässigen Quer- oder Längsbinden zusammen. Unterseite gelblich, ungefleckt.

Rockhampton (No. 5860 M. B.), Port Mackay (5948), Port Bowen (7513), gesammelt von Frau Dietrich, aus dem Museum Godeffroy.

Diese Art steht dem *L. Childreni* Gray sehr nahe und erweist sich mit der Zeit vielleicht nur als eine Varietät, obgleich die viel geringere Zahl der Oberlippenschilder, 9 bis 10 anstatt 14 und der

Mangel von granulirten Schuppenreihen unter den Frenalia bemerkenswerthe Unterschiede zu sein scheinen.

Batrachia.

Phyllobates chalceus n. sp.

Schnauze breit, kaum so lang wie der Augendurchmesser. Frenalgegend breit, allmählig absteigend. Canthus rostralis abgerundet, Nasenlöcher seitlich, unter dem Ende des Canthus rostralis. Trommelfell klein, im Durchmesser etwas mehr als $\frac{1}{4}$-Augendurchmesser. Choanen grösser als die Tuben. Zunge hinten abgerundet oder etwas herzförmig. Der ganze Körper ist mit kleinen abgerundeten erhabenen Pünktchen besetzt, welche auf der Bauchseite kleiner als auf dem Rücken sind. Erster Finger merklich kürzer als der zweite und mit kleinerer Haftscheibe. Die Hinterextremität ragt mit dem Hacken bis zur Mitte des Auges oder bis zur Schnauze. Hand und Fufssohlen ohne vorspringende Höcker.

Oben bräunlich gelb mit messingfarbigem Schein, unten gelblich.

Totallänge 0ᵐ029; Kopflänge 0ᵐ0105; Kopfbreite 0ᵐ012; vord. Extr. 0ᵐ018; Hand mit 3. Fing. 0ᵐ008; hint. Extr. 0ᵐ040; Fufs mit 4. Zehe 0ᵐ019.

Drei übereinstimmende Exemplare des zoologischen Cabinets zu München, gesammelt von Hrn. Moritz Wagner im Pastassathal.

Hylodes cruentus n. sp.

Schnauze länger als Augendurchmesser. Canthus rostralis deutlich. Nasenlöcher ganz nahe dem abgestutzten Schnauzenende, seitlich. Trommelfell senkrecht oval, kaum ein Drittel so gross wie das Auge. Choanen grösser als die Tuben. Gaumenzähne auf zwei kleinen abgerundet winkeligen Höckern hinter den Choanen. Zunge hinten abgerundet. Körperhaut, namentlich an den Seiten mit kleinen Höckerchen und länglichen Erhabenheiten. Unterkehle glatt, Bauch und Schenkelunterseite granulirt. Keine Falte an der Brust.

Erster Finger kürzer als der zweite und mit kleinerer Haftscheibe, welche letztere an den anderen Fingern und an den Zehen sehr entwickelt und vorn abgestutzt ist.

Oben roth, mit eingestreuten schwarzen Punkten. Unter dem Canthus rostralis ein Strich von schwarzer Farbe. Weichengegend mit braunen zusammenfliessenden Flecken. Hinter- und Vorderseite der Oberschenkel braun. Aussenseite der Gliedmafsen mit undeutlichen dunkeln Querbinden.

Unterseite gelblich, am Hinterbauch einige kleine schwarze Flecke.

Totallänge $0^m,040$; Kopf $0^m,014$; Kopfbreite $0^m,018$; vordere Extr. $0^m,028$; Hand mit 3. Fing. $0^m,012$; hintere Extr. $0^m,061$; Fuss mit 4. Zehe $0^m,027$.

Ein Exemplar aus Chiriqui, gesammelt von H. Ribbe. Diese Art steht in ihrem Bau dem *H. conspicillatus* Gthr. am nächsten, unterscheidet sich von ihr aber, ausser durch die Färbung, leicht durch die Form und geringere Grösse des Trommelfells, die mehr vorn liegenden Nasenlöcher und die nach vorn winkelig gebogenen Vomerzahnhöcker.

Hylodes rugosus n. sp.

Vomerzähne in zwei kleinen Haufen hinter den Choanen, welche letzteren kaum grösser als die Tuben sind. Zunge hinten abgerundet. Trommelfell halb so gross wie das Auge. Die ganze Oberseite mit Granulationen verschiedener Grösse und länglichen Erhabenheiten, unter denen zwei besonders grosse auf dem Rücken sich)(förmig nähern. Bauchseite ohne Granulationen; Unterseite der Schenkel fein granulirt. Gliedmafsen ähnlich wie bei der vorhergehenden Art, aber die Haftscheiben viel kleiner und abgerundet.

Oben schwarz oder schwarzgrün. Zwischen dem vordern Theil des Auges eine helle Binde. Dunkle sich nach dem Lippenrande verbreiternde Binden vom Auge ausgehend.

An jeder Seite des Rückens ein heller Längsstreif. Extremitäten dunkel gebändert, Hinterseite der Schenkel schwarz mit weissen Flecken. Unterseite bis zur Mitte des Bauches schwarz mit weiss gesprenkelt. Hinterbauch, Unterseite der Schenkel, Handsohlen und die drei inneren Zehen weiss.

Totallänge $0^m,021$; Kopf $0^m,008$; Kopfbreite $0^m,009$; vordere Extr. $0^m,013$; Hand mit 3. Finger $0^m,0055$; hintere Extr. $0^m,032$; Fuss mit 4. Zehe $0^m,0145$.

Ein Exemplar dieser ebenfalls mit *H. conspicillatus* verwandten Art aus Chiriqui.

Platymantis corrugata.[1])

1853. *Hylodes corrugatus* A. Dum., *Ann. Sc. Nat.* 3. Sér. XIX. p. 176.
1858. *Platymantis plicifera* Günther, *Catal. of Batr. Sal.* p. 95. Taf. 8. Fig. B.

Obgleich ich das Originalexemplar des Pariser Museums nicht habe vergleichen können, dürfte an dieser Synonymie doch nicht zu zweifeln sein. Das Pariser Exemplar ist aus derselben „Müller'schen Sammlung", welche lauter philippinische Arten enthält, welche aber in der *Erp. gén.* als aus Java stammend angegeben werden.

Litoria Lesueurii.

1841. *Hyla Lesueurii* Dum. Bibr., *Erp. gén.* VIII. p. 595.
1864. *Litoria Wilcoxii* Günther, *Proc. Zool. Soc. Lond.* p. 48.
1867. *Litoria Copei* Steindachner, *Novara. Amphib.* p. 56. Taf. 3. Fg. 14-17.
1868. *Hyla Lesueurii* Keferstein, *Archiv für Naturgesch.* Taf. 7. Fig. 24. 25.

Durch die besondere Güte des Hrn. Blanchard habe ich das Originalexemplar dieser und anderer Batrachierarten untersuchen und manche Nominalarten nachweisen können.

Auch an dem Originalexemplar ist keine Parotoide vorhanden, sondern nur eine flach bogenförmig über das Trommelfell hinweggehende Wulst. Die linke Vomerzahnreihe steht etwas schief nach hinten und innen, die rechte dagegen, wie gewöhnlich in querer Richtung. Diese Art variirt in der Zeichnung, namentlich in der Stärke der Querbinden zwischen den Augen, in der Zahl der schwarzen Flecke auf dem Rücken und der gelben Fleckchen auf der hinteren Seite der Schenkel. Das Berliner Museum besitzt zwei Exemplare aus Rockhampton (No. 5886 M. B.), von denen das eine fast ganz in der Färbung mit dem Originalexemplar von Port Jackson übereinstimmt. Dieses Exemplar ist ausserdem dadurch merkwürdig, dass das linke Trommelfell nur halb so gross

---

[1]) Ich würde hier, um die Identität zu bezeichnen, einfach schreiben: *Platymantis plicifera* Gthr. = *Hylodes corrugatus* Dum., wenn ich nicht die Erfahrung gemacht hätte, dass diese kürzeste und, wie ich glaubte, jedem mit der Literatur Vertrauten verständliche Weise zu Missdeutungen Veranlassung geben kann (cf. Cope, *Journ. Acad. Nat. Sc. Philadelphia.* 1866—69. VI. p. 143).

ist wie das rechte. Zahlreiche Exemplare habe ich ausserdem neuerdings vom Port Bowen aus dem Godeffroy'schen Museum untersuchen können. Hr. Günther hat bereits, wenn auch mit einigem Zweifel, die Identität von *L. Wilcoxii* und *L. Copei* erkannt.

Litoria jervisiensis.

Hyla jervisiensis Dum. Bibr. l. c. p. 580.

Diese Art soll nach der Übersichtstabelle (*Erp. gén.* VIII. p. 543) die Finger bis zur Hälfte durch Schwimmhäute verbunden haben. Sie sind aber in der That nur am Grunde der Mittelhandglieder und zwischen dem Grunde der ersten Phalangen der beiden äussern Finger vorhanden und daher nicht mehr entwickelt als bei den andern *Litoria*, denen sie sich auch durch die in zwei queren Höckern zwischen dem vordern Theil der Choanen gestellten Vomerzähne anschliesst. Sie hat eine kürzere Schnauze als die vorhergehende Art und stimmt in ihrer einförmigen Färbung und der (in Weingeist) farblosen Beschaffenheit der Hinterseite der Schenkel mehr mit *Hyla Krefftii* Gthr. überein.

Hyla Doumercii Dum. Bibr., *Erp. gén.* VIII. p. 551.

Stimmt vollständig mit *H. crepitans* Wied überein.

Das Berliner Museum hat mehrere Exemplare (No. 3124 M. B. aus Caracas, No. 7278 aus Surinam) derselben Farbenvarietät und auch das Originalexemplar von *H. Doumercii* zeigt, was Duméril und Bibron übersehen haben, an den Körperseiten und hinter dem Oberschenkel dieselben Querbinden und Querlinien sehr verblasst, welche bei anderen Individuen wegen ihrer intensiveren Färbung sogleich in die Augen fallen.

Hyla Levaillantii Dum. Bibr. l. c. p. 550.

Das 5 Centimeter lange männliche Exemplar stimmt in jeder Hinsicht mit *H. Doumercii* überein und ist nur wieder etwas anders gefärbt, wie es grössere wohlerhaltene Exemplare (No. 6439 M. B.) aus Surinam zeigen. Die Richtung und Stellung der Vomerzähne und Choanen ist ganz dieselbe, nur ist ausnahmsweise die linke Reihe etwas stärker gekrümmt, so dass das innere vordere Ende derselben sich noch etwas nach hinten biegt.

Hyla vermiculata Dum. Bibr. l. c. p. 563.

Links 11, rechts 12 Vomerzähne, welche eine fast ununterbrochene Reihe zwischen dem hinteren Theile der Choanen bilden, sonst in der Kopf- und Körperbildung sowie in den Proportionen und in der Entwickelung der Schwimmhäute der Finger und Zehen vollkommen mit *H. venulosa* Laur. übereinstimmend.

No. 3109 M. B., *H. venulosa* aus Surinam, ist ihr in der Zeichnung ganz ähnlich. Auch bei ihr stehen die Vomerzahnreihen zusammen, zeigen jederseits 9 Zähne und die rechte ist aussen bogenförmig nach hinten gekrümmt.

Hyla cynocephala Dum. Bibr. l. c. p. 558.

Äusserst ähnlich der *Hyla rubra*, nur ist die Schnauze höher und vorn abgestutzt. Es ist mir daher die Phrase „tête aussi large en avant qu'en arrière" nicht verständlich, da der Contour des Kopfes ganz ähnlich wie bei *H. rubra* ist, abgesehen von dem mehr zugespitzten Schnauzenende bei der letzteren Art. Die Vomerzähne stehn in der Mitte zwischen den Choanen in etwas nach hinten convergirender Richtung, wie sich dieses auch bei Exemplaren von *H. rubra* findet. Die Phalangen der Finger sind ganz frei. An den Zehen gehen die Schwimmhäute bis ans Ende der 2. Phalanx der 4. Zehe, setzen sich aber als schmaler Saum bis zum letzten mit der Haftscheibe versehenen Gliede fort. Diese Art steht daher der *H. rubra* äusserst nahe, sodass ich Exemplare derselben, welche wir durch Hrn. Dr. Wucherer aus Bahia erhalten haben (No. 7502 M. B.) auch nur für eine Varietät derselben gehalten habe. Diese haben nicht allein auf dem Kopf, sondern auch auf dem Körper und sparsamer auf den Extremitäten kleine Knötchen, wie es übrigens auch das noch junge Originalexemplar des Pariser Museums zeigt.

Hyla xerophylla Dm. Bibr. l. c. p. 549.

Diese Art schliesst sich in ihrem ganzen Bau, sowie in der Färbung ausserordentlich nahe an *H. punctata* Schneider an. Es sind dieselben feinen Pünktchen über der ganzen Körperoberfläche und auf den Extremitäten verbreitet, aber es fehlt die weisse Seitenlinie und es sind nur wenige zerstreute grössere weisse Punkte vorhanden. Alles dieses würde aber nicht hinreichend sein, sie zu unterscheiden, wenn nicht noch in der Färbung hinzukäme, dass, was von Duméril und Bibron übersehen ist, die Körperseiten und die Hinterseite der Oberschenkel mit dunkeln Querstreifen versehen wären und die Schwimmhäute eine grössere Ausdehnung hätten, so dass sie hiernach in die erste und nicht in die zweite Abtheilung der Tabelle zu p. 543 der *Erpétologie générale* gehört. Der hintere scharfe Raud des Vorderarms und Tarsus sind weiss gefärbt. Am Hacken ist ein kurzer Hautsporn.

Die Haftscheiben der äusseren Finger sind so gross wie das Trommelfell. Zwischen dem 1. und 2. Finger ist nur die Basis der Mittelhandglieder durch eine Zwischenhaut verbunden; zwischen dem 2. und 3. Finger geht die Haut verschmälert bis zur Haftscheibe des 2. und fast bis an die Basis des 2. Gliedes des 3. Fingers; zwischen dem 3. und 4. Finger geht sie über die Basis des 2. Gliedes des 3. Fingers und bis zur Mitte des 2. Gliedes des 4. Fingers.

Die Schwimmhaut der Zehen geht bis an die Haftscheibe der 1. und 5. Zehe, ebenso an der äusseren Seite der 2. und 3. Zehe bis zur Haftscheibe; aber nur an die Basis des vorletzten Gliedes der inneren Seite der 2. und 3. und beider Seiten der 4. Zehe, setzt sich jedoch als ein schmaler Hautsaum bis zu der Haftscheibe fort.

Hyla pulverata n. sp.

Vomerzähne in zwei Haufen zwischen den Choanen, welche viel grösser sind als die kleinen Tubenöffnungen. Zunge hinten kaum eingebuchtet. Schnauze nicht länger als das Auge mit abgerundetem Canthus rostralis. Trommelfell rund, sehr klein und von der pigmentirten Haut überdeckt. Rücken glatt, Bauch und Unterseite der Oberschenkel granulirt. Erster und zweiter Finger ziemlich gleich lang, viel kürzer als der vierte; erster Finger ganz frei; zwischen dem zweiten und dritten geht die Bindehaut bis an die Haftscheibe des zweiten und etwas über die Basis der ersten Phalanx des zweiten Fingers; zwischen der dritten und vierten von der Haftscheibe des vierten bis zur Mitte der vorletzten Phalanx des dritten. Die Zehen sind durch vollständige Schwimmhäute verbunden, welche nur die beiden letzten Glieder der vierten Zehe frei lassen.

Farblos, mit zerstreuten weissen Pünktchen, welche an den

Seiten des Kopfes zahlreicher sind. Mit der Loupe betrachtet ist der Grund dicht gedrängt dunkel punctirt.

Totallänge 0^{m}024; Kopf 0^{m}009; Kopfbreite 0^{m}008; vordere Extr. 0^{m}015; Hand mit 3. Fing. 0^{m}008; hint. Extr. 0^{m}045; Fuss mit 4. Zehe 0^{m}020.

Ein Exemplar aus Chiriqui, von H. Ribbe.

Diese Art steht in ihrer Gestalt und Zahnbildung der *H. rhodopepla* am nächsten, während sie durch das Colorit an *H. punctata* und *albomarginata* erinnert. Die sehr entwickelten Bindehäute zwischen den Fingern und das sehr kleine Trommelfell ohne Hautfalte über demselben lassen sie leicht unterscheiden.

Hyla auraria n. sp.

Vomerzähne in zwei Querlinien zwischen dem hintern Theil der Choanen, aussen an den Rand derselben stossend; an der linken Seite macht die Reihe aussen eine Krümmung nach hinten. Choanen kaum so weit wie die Tuben. Zunge hinten flach eingebuchtet. Schnauze so lang wie das Auge, mit abgerundeten Canthi rostrales und allmählig abfallender Zügelgegend. Nasenlöcher ein wenig mehr von dem Auge als von einander entfernt. Trommelfell länglich oval, im längsten Durchmesser gleich $\frac{2}{3}$ Augendurchmesser. Rückenhaut glatt. Keine Brustquerfalte. Bauch und Schenkelunterseite granulirt. Erster Finger sehr viel kürzer als der zweite, kaum über das Mittelhandglied hinausreichend, frei und mit kleiner Haftscheibe. Der zweite Finger wenig kürzer als der vierte. Alle drei letzten Finger mit ziemlich grosser Haftscheibe und nur an dem Grunde durch eine Bindehaut mit einander verbunden. Die Zehen mit wohlentwickelten Schwimmhäuten, an der inneren Seite des vorletzten Gliedes der 2. und 3. und an beiden Seiten desselben Gliedes der 4. Zehe nur einen schmalen Saum bildend. Die Ballen der Hand- und Fufssohlen wenig entwickelt.

Die obere Seite des Kopfes, einschliesslich des Trommelfells, des Körpers und der Extremitäten ist metallisch glänzend grünlichgelb. Ein dunkler, vorn grade abgeschnittener Fleck zwischen der Mitte der Augen beginnend verliert sich auf dem Rücken. Unregelmässige Querbinden darstellende dunkle Flecke auf dem Vorderarm, den Fingern, Ober-, Unterschenkeln und Zehen. Unterseite schmutziggelb.

Totallänge 0™030; Kopf 0™011; Kopfbreite 0™012; vordere Extr. 0™022; Hand mit 3. Fing. 0™011; hint. Extr. 0™047; Fufs mit 4. Zehe 0™021.

Ein Exemplar dieser durch ihre Färbung höchst auffallenden Art befindet sich in dem Königl. Naturalienkabinet zu München, angeblich aus Südamerika, ohne nähere Bezeichnung des Fundorts.

Bufo (Microphryne) pustulosus, nov. subgen.

Paludicola pustulosa Cope, *Pr. Ac. N. Sc. Philad.* 1864. p. 180.

Von den vier mir vorliegenden Exemplaren aus Chiriqui haben drei einen weissen Fleck auf der Mitte des Rückens zwischen den Schultern, alle eine helle Linie auf dem Steissbein, auf dem Vorderarm, dem Ober- und Unterschenkel eine dunklere Querbinde und die helleren Stellen der Gliedmafsen gefleckt. Da sie aber sonst ganz zu der Cope'schen Beschreibung passen, glaube ich nicht, dass sie von seiner *P. pustulosa* verschieden sind.

Im frischen Zustande erscheint das Trommelfell ganz versteckt und die Parotoide[1]) ist nicht zu erkennen, da sie nur klein und flach ist. An halbgetrockneten Exemplaren lassen sich aber beide deutlich, auch ohne Hülfe des anatomischen Messers erkennen. Ein Exemplar aus Puerto Cabello (No. 3376), welches nur durch seine viel hellere Färbung und den Mangel grösserer Flecke am Hinterleibe und an der Unterseite der Hinterextremitäten verschieden ist, lässt die kleinen abgerundet dreieckigen Parotoiden mehr hervortreten.

Die Querfortsätze des Sacralwirbels sind am Ende nur wenig verbreitet, das Episternum ist wohl entwickelt, sehr dünn und am

---

[1]) Auch von dem Vorhandensein einer ganz flachen Seitendrüse bei *Paludicola notata*, wo ich dieselbe bisher vermisste, habe ich mich an einzelnen Individuen aus Parana durch die Section neuerdings überzeugen können. Ob Hrn. Cope's *Gomphobates biligonigerus* mit dieser Art identisch sei, scheint mir noch zweifelhaft. Wenigstens passt seine erste Beschreibung *Pr. A. N. Sc. Phil.* 1860 p. 517 gar nicht zu dieser Art, viel eher noch zu P. *albifrons*.

Ende länglich oval, das Sternum ist anfangs griffelförmig und endigt mit einer kurzen breiten, platten Gabel.

Der Habitus ist ganz krötenartig und sehr verschieden von dem der Arten der Gattung *Paludicola* (*Gomphobates* R. L.).

Dendrobates trivittatus (Spix) var. *maculata.*

Der erste Finger ist, wie bei den typischen Exemplaren, etwas länger als der zweite. Oben und unten mit mehr oder weniger zahlreichen goldgelben Flecken gezeichnet.

Diese Varietät stammt aus Chiriqui, wo sie von Hrn. Moritz Wagner eingesammelt worden ist.

Spelerpes (Oedipus) lignicolor n. sp.

Vomerzähne und Keilbeinzahnplatten ähnlich wie sie in der *Erpétologie générale* Taf. 101 Fig. 4 von *Sp. Bellii* abgebildet sind, nur dass die Keilbeinzähne zu einem einzigen Haufen zusammentreten. Finger und Zehen bis zu ihrer Spitze durch eine dicke Schwimmhaut so verbunden, dass man sie kaum unterscheiden kann. Am Lippenrand, unterhalb jedes Nasenlochs, ein kleiner rundlicher Höcker. Kopfbreite etwa fünfmal in der Entfernung der Schnauzenspitze von der Analöffnung enthalten. Körperseitenfalten sehr undeutlich, 12 bis 13. Schwanz abgerundet kegelförmig.

Oben von der Schnauze bis zur Schwanzspitze gelbbraun, besprengt mit schwärzlichem Pigment, welches sich hie und da linienförmig ordnet und an dem einen der beiden mir vorliegenden Exemplare auf dem Nacken eine Mittellinie bildet, welche sich gabelförmig nach vorn spaltet. Diese Färbung hat einige Ähnlichkeit mit der mancher Holzarten. Unten und an den Seiten von schwarzgrauer Farbe, scharf abgegrenzt von der Rückenfarbe, mehr oder weniger fein mit weiss oder gelb besprengt, welches sich in der Unterhals- und Kinngegend zu feinen Längslinien vereinigt.

Totallänge 0^{m}100; Kopf 0^{m}0095; Kopfbreite 0^{m}009; Schnauze bis After 0^{m}049; Schnauze bis vord. Extr. 0^{m}017; vord. Extr. von der hint. Extr. 0^{m}029; vord. Extr. 0^{m}012; Hand 0^{m}004; hint. Extrem. 0^{m}0135; Fuss 0^{m}005; Schwanz 0^{m}048.

Zwei Exemplare aus Chiriqui, von H. Ribbe.

Diese Art steht dem von mir beschriebenen *Oed. adspersus* aus Bogotá am nächsten. Letztere unterscheidet sich aber leicht durch ihre Färbung und dadurch, dass die Finger und Zehen nicht durch eine so dicke Bindehaut mit einander vereinigt sind, sodass bei einigen Exemplaren das letzte Zehenglied frei erscheint. Bei den meisten Exemplaren dieser Art sind übrigens gar keine Hautfalten zu erkennen, während andere 12 bis 13 zeigen.

In derselben Sammlung befanden sich ausser den vorstehend beschriebenen noch folgende Batrachier:

Hylodes conspicillatus Gthr.
Hyla molitor Schmidt.
Hyla labialis Ptrs. (*H. phaeota* Cope).
Hyla venulosa Laurenti.
Atelopus varius var. *maculata* Mus. Berol.
Bufo typhonius L. (*pleuropterus* Schmidt).
Bufo veraguensis Schmidt.
Bufo marinus L. var. *horribilis* Wiegmann.
Bufo (Rhaebo) haematiticus Cope.
Dendrobates trivittatus Spix var. *aurata* Steind.

Erklärung der Abbildungen.

Fig. 1. *Cinosternon Effeldtii* Ptrs., Weibchen in natürlicher Grösse von oben:
 „ 2. von unten;
 „ 3. von der Seite.